사랑하라
시간이 없다

사랑하라 시간이 없다

초판 1쇄 인쇄일 2023년 12월 20일
초판 1쇄 발행일 2023년 12월 27일

지은이 이민주
펴낸이 양옥매
디자인 송다희 표지혜
교   정 조준경
마케팅 송용호

펴낸곳 도서출판 책과나무
출판등록 제2012-000376
주소 서울특별시 마포구 방울내로 79 이노빌딩 302호
대표전화 02.372.1537   팩스 02.372.1538
이메일 booknamu2007@naver.com
홈페이지 www.booknamu.com
ISBN 979-11-6752-404-1 (03800)

인생의 길을 밝혀 줄 힐링 시집

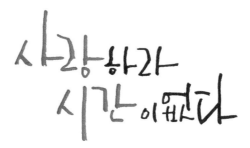

사랑하라
시간이없다

이민주 · 지음

책과나무

다름이 평범해지는 세상
차이가 차별받지 않는 세상
변화는 있어도 변함없는 사람

　제가 살아온 기구한 삶을 짧게 말씀드리겠습니다. 어릴 때 불우한 환경으로 영양실조, 빈혈, 폐결핵으로 생사를 오갔지만 죽지 않고 살아난 덤으로 삶을 살게 되었습니다. 14살에 폐결핵에 걸려 1급 전염병 시한부를 선고받고 기도원에 내맡겨져 한센인들과 같이 살게 되었습니다. 그곳에서 그분들이 죽어 나가는 것을 보면서 두려움과 삶의 덧없음을 느꼈습니다.

　고등학생 때는 예쁘다는 이유로 제 나이 딸이 있던 이혼남 취업 관련 선생님에게 성폭행을 당한 뒤 그 충격으로 학교를 중퇴했습니다. 이후 검정고시로 독학하며 직장 생활을 하다 28살 때 피치 못할 일로 홀로 힘들게 딸을 출산하여 미혼모가 되었고, 엄마 되게 해 준 딸이 소중하고 고마

윘습니다.

외가 쪽으로 막내 이모, 외삼촌, 할머니, 어머니까지 네 분의 잇단 자살로 충격을 받았습니다. 어머니의 시신을 저수지에서 건지는데, 눈을 뜨고 돌아가신 그 얼굴이 각인되어 지금도 마음이 힘듭니다.

삶에 감당하기 힘든 고통이 많았지만 기적같이 살아나 나보다 더 힘든 이들을 돕고 살기 위해 장애인들과 미혼모들을 돕고 아이들을 위탁해서 키우게 되었습니다. 그러던 중 부모들이 어려운 사정으로 키울 수 없는 아이들을 저에게 키워 달라고 간절히 애원해서 탯줄 달린 채 온 아들을 비롯해 아들 셋을 입양해 가족을 이루고 삽니다.

제 삶이 기구하고 덤으로 사는 인생이었기에 한 많은 인생을 사신 일본군위안부피해자 곽예남 어머니를 운명적으로 만나게 되었습니다. 한 많은 어머니가 저를 입양하셔서 딸이 되었고, 어머니가 사시는 동안 딸로서 정성을 다했습니다.

과거를 생각하면 수면제 없이는 잠을 못 자고, 한쪽 폐를 잃고 심근 경색으로 건강이 좋지 않고 정신과 약을 복용하며 우울증과 자살 충동을 이기고 삽니다. 온갖 고통으로 무당이 될 팔자였지만, 목사 안수를 받고 하나님을 믿고 의지

하고 삽니다.

 혼자 힘으로 모든 것을 감당하고 살고 있는데 제일 걱정되는 것은 입양한 아이들이 친부모가 키울 수 없어 제 품에 왔는데, 만일 제가 잘못되면 두 번 마음의 상처를 입을 것이라는 점입니다. 그 때문에 오늘 하루만 산다는 마음으로 힘을 내어 삽니다.

 여러분들의 권유로 SNS에 올린 글들을 정리해서 작은 책을 만들었습니다. 삶이 녹록지 않고 저마다 무거운 삶의 십자가가 있겠지만, 역경덩어리인 제 삶과 글이 지금 힘든 분들에게 희망의 끈이 되고 위안이 되고 살아갈 용기가 되면 고맙겠습니다.

사랑하라 시간이 없다

　쉽고 편한 길이 단 하루도 없었기에 하나님이 없었으면 살수 없었고, 제가 살길 바라며 도와준 수호천사들이 없었다면 여기까지 걷지 못했습니다.

　고단한 삶에 힘이 되어 주신 분들과 삶이 힘든 분들을 위해 매일 기도드리겠습니다. 부족한 저를 격려, 응원, 기도해 주시는 분들께 머리 숙여 감사드립니다.

　모든 은혜에 감사드리며, 여러분의 삶과 꿈을 축복합니다.

2023년 12월

이민주 목사 올림

■ 목차

2부　힘들고 지친 당신에게

3부 돌아보면 모든 것이 선물이었다

4부　사랑만큼 아름다운 두 글자

5부　함께 있어 힘이 되는 우리

행복한 사람은
있는 것을 사랑하고

불행한 사람은
없는 것을 사랑한다.

있는 것에 감사하는
하루 되길

1부

당신이 받은
'하루'라는 선물

사랑하라,
시간이 없다

사랑의 말도
지금 하고

감사의 행동도
지금 하세요.

황금, 소금보다
지금이 소중합니다.

지금을 잘못 보내면
후회합니다.

오늘을 마지막처럼

죽음을 기억하고 살면
하루하루가
값진 날이 됩니다.

오늘을 마지막 날로 여기면
삶이 소중하고
사랑으로 살게 됩니다.

소중한 만남

만나는 사람을
인생의 스승으로 여기면
삶이 풍요로워집니다.

이 세상에
함부로 하거나
버릴 사람은 없습니다.

사랑하라 시간이 없다

나이 들어도 젊고 싶다면

나이를 먹는다고
늙는 것이 아닙니다.

사랑하지 않고
포기하고
꿈과 희망을 버리면
늙어 갑니다.

꿈을 갖고
사랑하고 살면
젊고 멋진 인생이 됩니다.

고난과 고통도 선물이다

고난과 고통은
우리 삶을 뒤흔들면서

무엇이 소중한지
깨닫게 하고
삶을 새롭게 살게 합니다.

고난과 고통은
우리 인생에서
최고의 학교가 됩니다.

사랑하라 시간이 없다

오늘, 지금, 바로

오늘이라는 손과
지금이라는 발을
사용하세요.

내일이라는 손과
다음이라는 발은
늦습니다.

나중으로 미루지 말고
지금 바로 하세요.

아름다운 기도

오늘 누굴 만나든
어디를 가든지

그 사람이 잘되도록
그 집이 잘되도록
마음으로 기도해 주세요.

자선뿐만 아니라
기도 역시 선행입니다.

사랑하라 시간이 없다

알곡과 가라지

어려움에 처할 때

가짜 친구는
등을 돌리고

진짜 친구는
나를 도와줍니다.

어려울 때 비로소
진짜 친구가
누구인지 알게 됩니다.

알곡과 가라지를 가립니다.

한 번뿐인 인생에서

인생은 짧습니다.

남에게 보여 주는 삶이 아닌
자신이 살고 싶은 삶을 사세요.

남을 만족시키는 삶이 아닌
자신을 만족시키고
주님께 기쁨이 되는 삶을 사세요.

사랑하라 시간이 없다

행복으로 가는 길

빈손으로 세상에 왔는데
어느덧 가진 것이 많습니다.

없는 것을 불평하기보다
자신의 삶에 만족하고
무엇이든 감사하게 살면

행복한 삶이 됩니다.

사랑의 바이러스

한 사람을 돕고
따뜻한 말을 건넨 것은
그 사람에게서 끝나지 않고

사랑의 바이러스로 퍼져서
세상을 따뜻하게 합니다.

선행은 결코
헛되지 않습니다.

경청의 힘

내가 상대에게
무슨 말을 했느냐가
중요한 게 아니라,

상대에게 무슨 말을
들었느냐가 중요함을
알고 실천한다면

말실수나 후회할 일이
줄어듭니다.

경청은
성숙한 태도입니다.

하루하루 최선을 다하면

자신의 선택으로
뿌리고 행한 것이
미래가 됩니다.

용기와 열정 없이는
위대한 사람이 될 수 없고
모든 체험이 역사가 됩니다.

불만과 핑계를 버리고
하루하루 최선을 다하면

기회는
준비된 자에게 찾아옵니다.

당신이 받은 '하루'라는 선물

오늘 하루를 축복합니다.

살아 있는 것이 기적이고
귀한 하루를 선물 받았으니

만나는 이들을 행복하게 하는
은혜로운 날이 되길 소망합니다.

낮아져야 깊어진다

우리는 부족하기에
끊임없이 배워야 합니다.

겸손을 배워 낮아지고
삶의 경험을 통해서
깊어지는 인생이

신앙인의 참된 삶입니다.

깨어 있는 삶

기도의 응답은

내가 만나는 사람을 통해
내가 겪는 일을 통해
내가 받은 물건을 통해

주님께서 말씀하시기에
늘 깨어 있어야 합니다.

다투지 않으려면

우리가 다투는 이유는
자기를 알아 달라는 겁니다.

부족한 것은 덮어 주고
고마워하고 인정해 주면

다툴 일이 줄어듭니다.

마음을 여는 방법

'사람'을 발음해 보면
입술이 닫히고

'사랑'을 발음해 보면
입술이 열립니다.

사람은 사랑으로만
마음을 열 수 있습니다.

평범한 하루에 감사하며

기쁜 일로 들뜨지 말고
슬픈 일로 가라앉지 마세요.

기쁜 일도 슬픈 일도
잠시 왔다가 지나가기에

평상심을 갖는 것이 좋습니다.
별일 없음에 감사합니다.

쓰임받기 위하여

주님께서 사람을 쓰실 때
깨어지고 낮아지게 하셔서
자신이 보잘것없음을 깨닫고
주님께만 의지할 때
부르셔서 쓰십니다.

2부

힘들고 지친
당신에게

단 한 사람

사람과의 갈등에서
고통이 크면
지옥을 경험합니다.

나를 알아주는
단 한 사람만 있어도
세상을 살 수 있습니다.

당신도 누군가에게
단 한 사람의
좋은 사람이 되세요.

사랑받는 삶

욕심이 많은 사람은
고통을 겪기 마련이고

교만한 사람은
넘어지게 마련입니다.

청빈하고 겸손한 사람은
주님께 사랑받는 제자입니다.

결국 사랑만이

한 번 살고
가는 인생입니다.

남을 미워하고
못되게 하는 데
인생을 낭비하지 말고

남을 너그럽게 대하고
돕고 베풀고 살면 좋겠습니다.

결국 사랑만이 남습니다.

배려, 관계의 꽃

인격이 높은 사람은
상대를 따뜻하게 배려합니다.

배려한다는 것은
상대를 소중히 여기는 겁니다.

배려는
관계의 꽃입니다.

스스로에게 건네는 위로

고달픈 삶을
날마다 애쓰며 사는
자신을 사랑해 주세요.

고맙다고 말해 주고
따뜻이 안아 주세요.

사랑하라 시간이 없다

살아 있다는 것

지금 살아 있는 분을
무조건
존경하고 축복합니다.

살아 있다는 것은
무수히 많은
아픔과 슬픔을 견디며

숨 쉬고
살아 있는 것이기
때문입니다.

당신은 사랑입니다

당신은 세상에 하나뿐이며
주님께 사랑받는 자녀이고
누군가에게 힘이 되는 사람이며
세상에서 당신이 할 일이 있습니다.

당신의 귀한 사명을
이루시길 빕니다.

사랑하라 시간이 없다

매일이 최고의 날

하찮은 일은 없습니다.

오늘 남에게 도움을 줬다면
오늘 뜻있는 일을 했다면
오늘 지구를 살리는 일을 했다면

오늘은 최고의 날이 됩니다.

진정한 종교인

진정한 종교인은

안으로는
가난을 배우고

밖으로는
모든 사람을 공경하고
섬기는 것입니다.

가난과 섬김이
거룩합니다.

사랑하라 시간이 없다

축복하는 이가 축복받는다

남과 비교하지 말고
시기하며 시간 허비하지 말고
당신의 어제와 비교하세요.

타인의 행운을 축복하면
행운이 자신에게 되돌아옵니다.

관계의 중요성

옆에 있는 상대를
아끼고 공들여야
평생 갑니다.

주님의 사랑 외에는
세상에 공짜는 없습니다.

모든 관계는
뿌린 대로 거둡니다.

사랑하라 시간이 없다

힘든 세상살이,
서로에게 따뜻하길

힘들지 않은 사람도 없고
아프지 않은 사람도 없습니다.

저마다 삶의 고통이 있고
저마다 삶의 눈물이 있습니다.

나도 너도 힘든 세상살이
서로에게 따뜻하길 바랍니다.

삶의 마지막 순간에

버리고 비우고
내려놓아야 할 것은
욕심이고

채워야 할 것은
사랑입니다.

우리가 삶을 마칠 때
사람들이 기억하는 것은
우리가 베푼 선행입니다.

상처의 강력한 치료제

사람은 불완전한 존재이기에
상처를 주고받으며 삽니다.

사람에게 상처받지만
사람에게 또 치료받습니다.

상처의 강력한 치료제는
온유한 사랑입니다.

가장 큰 축복

내 인생 가장 젊은 날은
'지금'이고

죽은 이가 살고자 했던
'오늘'입니다.

내가 살아 있고
사랑하는 사람을 만날 수 있는
오늘 지금 이 순간이
가장 큰 축복입니다.

사랑하라 시간이 없다

평화롭게 사는 길

져 주고 사는 게
평화롭게 사는 길입니다.

알면서도 모른 척
바보같이 사는 것은

마음이 찌들지 않고
곱게 늙고 싶기 때문입니다.

주님의 선물

기도는 힘이 있고
힘든 이들에게
위로와 용기를 줍니다.

이웃을 돕고 섬기는 봉사는
주님을 따르는 일이며
축복의 길입니다.

기도와 봉사는
주님의 선물입니다.

따뜻한 행복 나누기

나중이 아니라 지금

따뜻한 말 한마디와
작지만 마음을 담은
선물을 하세요.

남을 행복하게 하면
나도 행복해집니다.

힘들고 지친 당신에게

지금 힘든 것은
살아 있다는 증거입니다.

힘들어도
살아 있음에 감사하세요.

힘들다면 매일매일을
오늘 하루만 사세요.

강한 자가 살아남는 것이 아니고
살아남은 자가 강한 자입니다.

사과의 힘

미안하다는
사과는

'빨리' 하는 것이 옳습니다.
'직접' 하는 것이 옳습니다.
'제대로' 하는 것이 옳습니다.

미안하다는 말은
상처 치유와
평화를 가져옵니다.

비로소
깨달은 것입니다.

사랑하며, 웃으며
살기에도
인생은 턱없이
부족한 시간
이라는 것을

지금 주어진
이 시간이 얼마나
값지고
아름다운지를...

3부

돌아보면
모든 것이 선물이었다

돌아보면 모든 것이
선물이었다

억울한 일을 겪으면

억울함을 풀기 위해

삶을 더 가치 있게 살기에

억울함도

은총입니다.

되돌아보면 모든 것이

나를 다듬고 키워 준

은혜로운 선물이었습니다.

향기로운 사람

사랑하면
행복해집니다.

메마른 가슴에 꽃이 피고
세상을 아름답게 하는 것도
바로 사랑입니다.

사랑으로 세상을 품은 사람은
향기로운 사람입니다.

정말 가난한 사람은

정말 가난한 사람은
적게 가진 사람이 아니라

더 많이 가지려고
발버둥 치는 사람입니다.

만족을 모르는 사람은
평생 노예로 삽니다.

미안해, 사랑해, 용서해

아무리 가까운 사이라도
이해하려는 마음과
배려가 없다면
그 인연은 끝입니다.

"미안해! 사랑해! 용서해!"를
실천하는 하루하루 되세요.

끝내 사랑이

욕심낼 것
없습니다.

다들 천년 살 것처럼 해도
잠시 소풍 왔다가
순서 없이 떠납니다.

주는 사람이 주인이고
사랑이 끝내 이깁니다.

사랑하라 시간이 없다

희망의 불씨로

절망과 실망은

우리를

어둠 속에 빠뜨리지만

작지만 희망의 불을 켠다면

우리는 다시

기쁨과 웃음을

찾을 수 있습니다.

다름의 미학

사람은 모두 다릅니다.
틀린 것이 아니라 다릅니다.

모두가 나와 같다면
재미가 없을 겁니다.

모두가 다르기에
세상은 풍성합니다.

상대를 색안경을 끼지 않고
있는 그대로 보는 사람은
마음 그릇이 큰 사람입니다.

사랑하라 시간이 없다

사랑,
말이 아닌 행동으로

사랑은 말에 있지 않고
행동에 있습니다.

나에게 맡겨진 일과
만나는 사람들에게
충실한 것이
주님의 뜻입니다.

감사하는 삶

감사하는 삶은
행복의 길잡이가 됩니다.

수고해서 얻은 것이 아니라
거저 주어지는 것은
모두 감사할 일입니다.

우리 함께 잘 살아남아요

가슴에 와 닿는 말입니다.

"잘 살아요!
아니, 잘 살아남아요!"

그래요.
우리 함께 잘 살아남아요.

어려울 때 주님께 다가가게 되고
믿음이 깊어지게 됩니다.

행복과 고통

행복은
남을 생각하는
이타심에서 오고

고통은
자기 욕심과
자기 자신만 생각하는
이기심에서 옵니다.

사랑하라 시간이 없다

좋은 인연, 나쁜 인연

사람과의 관계를
소중히 여기세요.

덕담과 칭찬을 하면
좋은 인연이 되고

험담이나 뒷담화를 하면
나쁜 인연이 됩니다.

삶이 익어 갈 때

세월이 가고
나이를 먹으면서
인생도 익어 갑니다.

지금 겪는 고통은
성장통이고

익어 가는 삶은
멋진 인생입니다.

당신은 혼자가 아니다

세상에 홀로 남은 듯
두렵고 앞이 캄캄할 때

주님께 온전히 맡겨 드리면
길을 열어 주시고
사람을 보내 주십니다.

그분은 우리가 죽지 않고
다시 살길 바라십니다.

성숙한 사람

인생은
오해의 연속입니다.

오해가 이해로 바뀌려면
마음을 열고 상대의 얘기를 듣고
상대의 입장에 서 보아야 합니다.

성숙한 사람은
이해심이 많은 사람입니다.

독이 아닌 복으로

살아 보니 모든 일은
다 잘된 일입니다.

좋은 일 나쁜 일
다 지나갑니다.

원망하거나 불평하지 말고
순응하고 변화를 받아들이면

독이 되지 않고
복이 됩니다.

후회 없는 삶

죽음의 순간은
언제 올지 알 수 없습니다.

우리는 영원히 살 것처럼
하루하루를 허투루 보냅니다.

오늘이 마지막이라는 마음으로
최선을 다해 살면
내일 죽어도 후회가 없습니다.

사랑하라 시간이 없다

고난 후의 선택

고난을 겪고
남 탓하는 사람이 되는지
앙갚음하는 사람이 되는지
자비로운 사람이 되는지는
그 사람의 선택입니다.

고난을 통해
절망이나 분노가 아니라
자기반성과
감사의 삶을 사는 사람은
축복받은 것입니다.

힘들고 외로울 때

힘들고 외로울 때
나의 가장 친한 친구이시고
나를 가장 사랑하시고
나를 위해 십자가에서 돌아가신
주님이 나와 함께 계심을
기억하길 바랍니다.

진짜 영원한 것

세상에는
영원한 것이 없습니다.

권력, 명예, 재물, 건강도
잠시 왔다가
사라질 뿐이지만

나눔과 섬김은
사람을 살리고
하늘에 영원히 새겨집니다.

일생을 마친 뒤에
남는 것은
당신이 모은 것이 아니라
당신이 뿌린
것입니다

4부

사랑만큼
아름다운 두 글자

빛과 같은 사람

험담하고 이간질하는 사람
거만하고 불평이 많은 사람은
세상을 어둡게 하고
우리 영혼에도 좋지 않습니다.

감사하고 봉사하는 사람
편협하지 않고 긍정적인 사람은
빛과 같은 사람입니다.

사랑하라 시간이 없다

인생 공부

나를 힘들게 하는 일과 사람을
이겨 내고 넘어서는 과정에서
인생 공부를 많이 하게 됩니다.

이 세상엔 좋고 나쁜 일이 없으며
모든 일은 우리를 성장시킵니다.

시련을 통해 단련시키시는
주님께 감사드립니다.

주는 삶이 더 크다

위로받기보다는

위로하는 것이

더 큰 위로가 되고

이해받기보다는

이해하는 것이

더 큰 이해를 얻고

사랑받기보다는

사랑하는 것이

더 큰 사랑임을 알게 됩니다.

사랑하라 시간이 없다

내가 먼저

내가 먼저
좋은 사람이 되고
친절한 사람이 되고
진실한 사람이 되겠습니다.

귀한 인연이 되는 것은
내가 상대에게
받고 싶은 그대로
해 주는 것입니다.

사랑만큼 아름다운
두 글자

사랑만큼 아름다운
두 글자는 나눔입니다.

나눔은
누구나 할 수 있습니다.

돈뿐만 아니라
시간과 재능도 나눕니다.

나눔은 나를 기쁨으로 채우고
도움이 필요한 이들도 채우는
아름다운 일입니다.

오늘 하루가 주어진 이유

오늘 하루가 주어진 이유는
어제 못다 한
사랑을 하라는 뜻입니다.

우리가 만나는 사람들이
서서히
죽어 가고 있다고 생각하면

그들에게 연민을 느끼며
조금 더 인내하며
자비로워질 겁니다.

우리가 만나는 사람들

오늘날 인간관계는
참 나약합니다.

SNS에서 인간관계를 많이 맺지만
휴대폰을 끄고 컴퓨터를 끄면
평생 볼 수 없는 관계가 대부분입니다.

우리가 만나는 사람들은
저마다 아픈 사연이 있으니
편견 없이 격려하고 기도해 주세요.

사랑하라 시간이 없다

감사와 칭찬

우리는 감사를 잊고 사는데
감사하면 감사할 일이 또 생깁니다.

만나는 이들을
칭찬하는 습관을 들이면

남에게 작은 기쁨을 주고
나에게도 좋은 일이 생깁니다.

감사와 칭찬은
나를 위한 일입니다.

지혜를 얻는 길

세월을 묵묵히 겪어 내야
연륜이 쌓이듯이

인생의 참맛은
처절한 고통을 통해
깨달음을 얻을 때 느끼게 됩니다.

깨달음은
지혜를 얻는 길입니다.

감사하는 마음

감사하는 마음은
어둠 속의 빛과 같고
나를 일으켜 세워서
다시 살게 하는
놀라운 힘이 있습니다.

사랑의 조건

사랑은 거저 주는 겁니다.

사랑은 조건이 없어야 하고
덕 보려는 마음이 없어야 합니다.

준 만큼 돌려받길
기대하고 계산한다면

그건 사랑이 아닙니다.

은혜로운 날을 소망하며

어김없이 누구나에게
24시간이
공평하게 주어집니다.

하루하루
내 마음에 달렸습니다.

세상을 밝히고
사람을 살리는
은혜로운 날이 되길
소망합니다.

따뜻한 가슴으로

오늘 하루를
내 인생의 첫날이자
마지막 날로 여기고
애틋하게 살아야 합니다.

우리가 세상을 떠날 때
고마워하고 그리워하며
우는 이들이 얼마나 될까요.

우리
따뜻한 가슴으로 살아요.

좋은 인생은

마지막에 웃는 것이 아니라
사소한 것에도 자주 웃어야
행복한 인생이 됩니다.

웃지 않은 날은
헛되이 보낸 날입니다.

진정한 부자

거저 베푸는 나눔은
배가 부른 것이 아니라
마음이 부른 것입니다.

진정한 부자는
배가 부른 사람이 아니라
마음이 부른 사람입니다.

주님의 걸작품

사람은 외모를 보지만
주님은 마음의 중심을 봅니다.

어떤 사람이든
세상 하나밖에 없는
주님의 걸작품입니다.

주님은 우리를
절대로 포기하지 않으십니다.

모든 것이 소중합니다

삶을 돌아보게 하는 건
'죽음'

웃음을 값지게 하는 건
'눈물'

사람을 성숙하게 하는 건
'고통'

우리 삶에 어느 것 하나
버릴 것이 없고

필요 없는 사람은
단 한 사람도 없습니다.

생의 끝에 남는 것은

비우면 더 많이 채워지고
버리면 더 가득 얻고
베풀면 몇 배로 기쁨이 쌓입니다.

일생을 마친 뒤에 남는 것은
모은 것이 아니라 뿌린 것입니다.

시련, 축복의 통로

삶의 아픈 시간은
마음 공부하는 시간입니다.

시련을 겪고 견디면
지혜를 얻습니다.

지혜를 얻는 삶은
축복의 통로입니다.

하루를 살아도

삶은 부메랑입니다.

지금 내가 하는 말과 행동은
언젠가는 반드시
나에게 되돌아오니

하루를 살아도
선한 것을
뿌리며 살아야 합니다.

5부

함께 있어
힘이 되는 우리

넘어지면 다시 일어나

지금 힘들다면
잘하고 있는 것입니다.

힘들게 노력하다가
넘어지는 것은
성공한 사람들이
겪는 과정이기에

넘어지면 다시 일어나
걸으면 됩니다.

사랑하라 시간이 없다

세상에서 가장 어려운 것

살아 보니
세상에서 가장 어려운 것은
미운 사람의 용서이고

용서보다 더 큰 것은
사랑하는 것입니다.

용서는
나를 사랑하는 일입니다.

용기 있는 사람

사람은 나약한 존재이지만
주님을 만나면
용기 있는 사람이 됩니다.

용기 있는 사람은
두려움이 없는 사람이 아니라
두려움을 이겨 내는 사람입니다.

사랑하라 시간이 없다

인생을 바꾸는 방법

자기의 인생을
바꾸는 가장 큰 것은

감사하는 마음과
긍정적인 마음입니다.

남과 비교하거나
부러워하지 않고

자신이 가진 것에
감사하면
행복해집니다.

선행, 삶의 기쁨

선행은 기쁨을 선물 받습니다.

사람들은 지금이 아니라
나중에 하겠다고 미룹니다.

시간은 기다려 주지 않으며
많은 이들이 삶의 기쁨을 알지 못하고
안타깝게 세상을 떠났습니다.

사랑하라 시간이 없다

노력과 배려로 만드는
최고의 관계

사랑은 시간이 만드는 게 아니고
노력과 배려입니다.

상대와 생각이 다르다는 것은
좋은 장점입니다.

두 사람이 다른 생각을 공유한다면
큰 힘을 발휘하고
최고의 관계가 됩니다.

슬픔을 인내로 견뎌 내면

내가 흘린 눈물의 씨앗이
지금의 웃음입니다.

가장 슬플 때
기쁨의 의미를 알게 되듯

역경을 통해야만
감사를 터득합니다.

슬픔을 인내로 견뎌 내면
웃는 날이 올 겁니다.

아낌없이 주는 사람

인생은 생방송입니다.

아낌없이 주고
아쉬움 없이 사랑하세요.

아낌없이 주는 사람은
주님의 마음을 닮았습니다.

삶을 가슴에 담아
사랑으로

삶을 등에 업으면
짐이 되지만

삶을 가슴에 담으면
사랑이 됩니다.

사랑으로 가득한 가슴이
어두운 세상의 등불이 됩니다.

당신에게 보내는 응원

남들이 겪는 힘든 일은
남의 일이 아니라
나도 언젠가 겪게 됩니다.

우리는 수많은 힘든 일을
겪었지만 잘 이겨 냈고
또 이겨 낼 겁니다.

여러분의
삶과 꿈을
늘 응원합니다.

희망, 기적, 기회

살아 있다는 것은
희망입니다.

살아 있는 여러분이
기적입니다.

어제는 지나갔고
내일은 알 수 없고

오늘 하루가
내 삶의 전부이고

사랑할 수 있는
마지막 기회입니다.

성장의 조건

큰 나무가 크게 되려면
모진 바람을 견뎌야 하고

훌륭한 선장이 되려면
거센 파도를 헤쳐야 하듯

사람이 성장하려면
고난과 시련을 이겨야 합니다.

함께 있어
힘이 되는 우리

사람은 불완전한 존재이며

기대해야 할 존재가 아니라

사랑하고 희망해야 할 존재입니다.

섣부른 조언이나 훈계보다

경청과 함께 있음이 힘이 됩니다.

이타적인 사람

모든 생명체는
살기 위해서 이기적인
본능을 갖고 있습니다.

사람도 생명체이기에
이기적인 본능이 있습니다.

살면서 이타적인 사람을
만나게 되면 놀라워하며
기뻐하고 감사하세요.

아픔과 슬픔으로

아픔과 슬픔을
겪은 사람은
진한 향기가 있고

아픔과 슬픔으로
거듭난 사람은
상처 입은 치유자가 됩니다.

사랑하라 시간이 없다

봉사의 힘

삶이 덧없고 허무할 때
가까운 곳에서 봉사해 보세요.

나보다 더 힘든 사람이
있다는 것을 알게 되고

자신이 누군가에 도움이 되고
가치 있는 존재임을 알게 됩니다.

봉사는
삶을 변화시키는 신비입니다.

진정한 대화

상대를 바꾸려고 하면
대화가 단절됩니다.

관점을 바꿔서 들어 주면
소통이 시작됩니다.

진정한 대화는
내 주장만 하는 것이 아니라
상대의 얘기를 들어 주고
수긍해 주는 것입니다.

사랑하라 시간이 없다

가족을 잃은 뒤
깨달은 것은

가족들을 잃은 뒤 깨달은 것은
오늘만 있고 내일은 없고
죽은 뒤에 그 사람을 안을 수 없고
사랑한다고 고백할 수도 없다는 것입니다.

지금 가족과 사랑하는 이에게
사랑한다고 말하세요.

두 손이 있는 이유

두 손이 있는 이유는
두 손이 만나 기도하고
응원의 박수를 보냅니다.

두 손이 있는 이유는
한 손은 자신을 돕는 손이고
나머지 한 손은
남을 돕는 손입니다.

사랑하라 시간이 없다

사는 동안
얼마나 사랑했는가

우리는 세상을 떠날 때
지위, 학벌, 재산이 아니라
나눈 것을 갖고 갑니다.

주님을 만나게 되면
그분은 우리에게 사는 동안
얼마나 사랑했느냐를 물으실 겁니다.

사랑이 끝내 이깁니다.
감사하면 행복해집니다.
고난을 통해 성장합니다.

사랑하기에도 짧은 인생인데 남 비난하고 험담할 시간이 없습니다. 가진 것이 많은데도 불평과 불만으로 귀한 시간들을 허비하는 것이 안타깝습니다.

삶이 힘든 건 자기 욕심 때문이고 욕심을 버리면 삶이 평안해집니다. 가진 것이 없어도 마음 편하게 사는 걸 터득하고 모든 것을 감사하며 삽니다.

사람들은 대부분 돈을 벌면 좋은 일을 하겠다고 하지만, 삶은 기다려 주지 않고 자기 생각대로 되지 않습니다. 우리 인생이 어떻게 될지 모르니 좋은 일을 나중으로 미루지 마시고 지금 당장 작게라도 시작하면 좋겠습니다.

부족한 사람이지만 저는 삶의 고난을 행복한 통증으로 알고 하루에 세 가지 선한 일을 실천하며 살고 있습니다.

　젊은 날을 바쳐 봉사하며 살았지만 피눈물 나는 일들이 많
았습니다. 한국 사회는 남 잘되는 것을 못 보고 남을 못되게
하고 남을 죽이는 데 헛된 힘을 쏟는 것이 가슴 아프고 슬픕
니다.

　남과 좀 다른 삶을 살며 모함, 편견, 시기, 험담에 시달렸
고 억울한 일을 당하며 세상이 무섭고 사람을 믿기 어려웠
지만, 주님께 의지하며 살고 아이들 때문에 삽니다.

　봉사만 하고 살던 저를 거짓과 여론몰이로 무자비하게 사
회에서 매장시키려고 했던 잔인한 사람들이 결국 제가 겪었
던 고통을 그대로 당하는 것을 지켜봤습니다.

　삶은 부메랑이고 자신의 말과 행동으로 뿌린 대로 거두는

인생이니 남을 죽이는 삶이 아니라 남을 돕고 살리는 삶이 복 받고 평안하게 사는 길입니다.

죽을 것 같이 힘든 일이 많았지만, 하나님은 저를 강인하게 이끌어 주셨습니다. 인생은 매 순간 선택이었고 용기 있게 부딪혀 보면서 다양한 체험과 보람, 자유를 느끼고 살았고 세상에 하나뿐인 저를 믿고 저를 이해하고 사랑합니다.

삶을 감추지 않고 솔직하게 말하면 불편한 시선과 편견에 부딪힐 때도 있었지만 "당신의 삶을 보고 저도 살기 위해 힘을 냅니다."라는 말을 들을 때마다 감사했고 저도 위로를 받

사랑하라 시간이 없다

고 용기를 얻었습니다.

역경덩어리인 저도 삶을 포기하지 않고 살고 있으니, 저를 보시고 어려움을 겪는 분들이 용기를 내고 삶을 포기하지 않길 간절히 바랍니다. 삶이 힘들어도 절망하지 않고 끝까지 사랑하고 희망을 갖고 살아가시길 기도합니다.

"저도 사니 세상에서 하나뿐인 소중한 당신도 꼭 사십시오."

이민주 목사

주 소 : 전주시 완산구 충경로 18-8 (위안부가족협의회)

이메일 : ljy9995@hanmail.net

연락처 : 010-5654-9995

※ 책 수익금은 한부모가정, 위안부피해자가족, 장애인들을 위해 쓰입니다.

아들 김태원 편지

엄마 에게

엄마 저 태원 이에요
제가 벌써 6학년 이에요

13년 이라는 긴 세월동안 엄마를 힘들게 해서
죄송합니다.

제가 살면서 나쁜짓을 많이 해서 엄마가
사람들 에게 무릎 꿇게 해서 죄송합니다

아무리 힘들어도 사랑으로 키워주셔서 감사합니다
엄마 우리 좋은 추억 많이 만들어요

이제 엄마 눈에서 눈물 나지 않게 하겠습니다
엄마 제가 커서 엄마가 저를 키워주시면서
당했던 억울 한일들 제가 다 풀어드릴게요

엄마 아프지 마시고 건강하세요
저는 엄마랑 있는게 정말 행복해요

엄마 커서 효도 할게요
저는 엄마를 존경 합니다
엄마 사랑해요

김태원 올림

아들 김태호 편지

엄마에게

엄마 아들 태호 에요.

엄마와 제가 만난지 벌써 11년 이네요.

그동안 저와 엄마 는 좋은 추억도 많 았지만 어렵고
힘든일도 많았어요

제가 잘못해서 학교에서 울며 무릎 꿇고도 저를 포기
하지 안코 키워 주셔서 감사 합니다

엄마 저는 엄마가 아무리 힘들어도 포기하지 않고
엄마의 할일을 꾸준히 하는 모습이 정말 멋져요.

엄마 저를 키우면서 힘든일을 망하고 엄마의
마음속에 있는 한과 억울함을 꼭 훌륭한
사람이 되서 풀어드릴게요.

엄마 저를 버려진아이 에서 지켜진 아이로 만들어
주셔서 감사 합니다. 엄마 사랑해요

엄마 아프지 마시고 오래오래 건강하세요.

      김태호올림

엄마에게

엄마 아들 김태양 이에요

엄마 그동안 칭찬 해주시고 뽀뽀해주시고 안아주셔서 감사합니다

엄마 힘든 고난을 겪어도 저를 키워 주셔서 감사합니다

엄마 오래오래 건강하세요

엄마 제가 원 하는 것을 사주셔서 감사합니다

엄마 제가 속썩여서 죄송합니다

엄마 제가 나중에 커서 훌륭한 의사가 되서 크루즈 태워 드리겠습니다

엄마가 세상 에서 제일 예뻐요

엄마 저는 엄마 덕분에 내내 행복해요

엄마 아프지 마세요 정말 사랑해요
          김태양 올림

〈저자 학력〉

- 1994 검정고시 합격

- 1996 백제예술대학교 의상디자인학과 휴학

- 2009 성화대학교 복지행정학과 졸업

- 2011 한민대학교 사회복지학과, 신학과 졸업

- 2015 한일장신대 기독사회복지대학원 사회복지정책학 석사 졸업

- 2016 호헌총회신학대학원 목회신학 졸업

〈저자 경력〉

- 1998 손수레자립생활협회 홍보이사

- 1998 대구 밝은내일회 이사

- 2005 한국이침협회 전주지부장

- 2006 완주군장애인복지관 이침강사

- 2008 천사미소복지타운복지센터 대표

- 2008 월드장애인재활이침교육협회 회장

- 2008 한국요양보호사협회 회장

- 2008 (사)다중문화예술진흥회 부회장

- 2009 전북장애인자활지원협회 회장

- 2009 (사)한국장애인문화협회 전주시지부장

- 2009 장애인인권지킴이 위촉

- 2010 이침 건강 강의

- 2010 장애인차별금지법모니터 활동가 위촉

- 2010 전북주간현대 사회부 기자

- 2010 기쁨의집 공동생활가정 대표

- 2011 천사미소주간보호센터 대표

- 2011 새만금일보 독자위원

- 2011 월간월드코리아 편집고문

- 2011 전주다솜라이온스 초대회장

- 2012 KBS 1 아름다운 사람들 '엄마의 이름으로' 방송 출연

- 2012 중앙법률신문사 전주주재 사회부 차장

- 2013 인체조직기증

- 2013 KBS1 '더 비빔밥' 방송 출연

- 2013 전주비전대학교 원격평생교육원 홍보대사

- 2014 윷놀이용 인쇄물 디자인 등록

- 2014 '다이루리' 사업자 등록증

- 2015 '다있네' 서비스표 등록

- 2015 윷놀이용 주사위 디자인 등록

- 2015 휴먼테이너 서비스표 등록

- 2015 전국검정고시총동문회 전라북도 회장

- 2015 옴부즈맨뉴스 전북취재본부장

- 2015 '다있네' 사업자 등록증

- 2016 대한예수교장로회 중부노회 선교목사 안수

- 2016 민들레주간보호센터 대표

- 2016 170원의 생명나눔 대표

- 2016 생명나눔교회 대표

- 2016 더불어생명나눔 대표

- 2016 사)전주완산자율방법연합회 다가자율방범대

- 2020 위안부피해자가족대책협의회 사무국장

- 2021 시사일보 편집국/제2사회부 부장

- 2023 위안부가족협의회 대표

〈저자 자격(수료)증〉

- 2005 이침관리사 3급

- 2005 이침관리사 2급

- 2005 한의사 · 한약사 ICCA

- 2006 이침관리사 1급

- 2006 사회복지사 3급

- 2007 홍채학 상담전문가

- 2007 독서치료전문지도사 2급

- 2007 체질상담사

- 2008 요양보호사 1급

- 2008 웃음치료사 1급

- 2008 레크리에이션 1급

- 2008 아동지도사

- 2008 청소년심리상담사

- 2008 노인복지아카데미

- 2009 보육교사 2급

- 2009 사회복지사 2급

- 2009 광주대학교 대체의학 전문가반

- 2009 장애인 인권지킴이

- 2009 장애인복지분야 인권양성과정

- 2009 건강기능사

- 2009 우석대학교 사회적아카데미 통합과정

- 2011 장애인차별금지법모니터활동

- 2011 평생교육사

- 2011 국가공인정보통신기술자격증(PC 마스터)

- 2011 CS 리더 관리사

- 2011 세무실무 1급

- 2011 회계실무 1급

- 2011 인성지도사

- 2011 한자급수자격증검정 2급

- 2013 장애인활동보조인

- 2013 다문화가정상담사

- 2013 치매예방지도사

- 2013 재혼가족상담사

- 2013 위기가정상담사

- 2013 이혼예방상담사

- 2013 행복가정복지사

- 2013 노인복지전문가

- 2013 이야기놀이지도사

- 2013 푸드아트심리상담사

- 2013 심리분석사

- 2013 미술심리상담사

- 2014 인구교육지도사 3급

- 2014 서비스리더양성과정

- 2015 식품위생교육

- 2015 요양보호사 치매전문교육과정

- 2016 사회적기업 리더과정

- 2018 인구교육전문강사

- 2022 무인동력비행장치 4종(무인멀티콥터)

- 2022 드론코딩지도사

- 2022 토탈공예지도사

- 2023 PIA 탐정사

- 2023 명품속독상담가 1급

〈저자 표창 수상〉

- 2008 표창장 (박준영 도지사)

- 2009 공로상 (이행기 총장)

- 2011 특별공로상 (조준상 총장)

- 2011 표창장 (신건 의원)

- 2011 표창장 (조준상 총장)

- 2011 표창장 (정동영 의원)

- 2011 표창장 (김완주 도지사)

- 2011 대한민국 자랑스러운 혁신 한국인
    사회복지 부분에 기여(대상)

- 2011 대한민국 신지식경영 부분에 기여(대상)

- 2011 한국을 이끄는 혁신리더여성 CEO 부분 대상

- 2011 국제라이온스클럽 무궁화사자 대상 수상

- 2012 제6회 세계 속의 한국인 대상(자랑스러운 대한민국

장애인 봉사 부문)

- 2012 대한민국사회공헌대상

- 2012 한국을 이끄는 혁신리더 (여성CEO 부문)

- 2012 한국재능나눔대상

- 2013 대한민국나눔봉사대상

- 2015 대한민국을 이끄는 혁신리더

- 2015 대한민국청소년대상

- 2016 창조경영인 대상

- 2016 표창장 (김춘진 국회보건복지위원장)

- 2016 표창장 (손인춘 의원)

- 2016 표창장 (문재인 의원)

- 2016 표창장 (김성주 의원)

- 2016 자랑스러운 대한민국 시민대상

- 2016 대한민국을 빛낸 제10회 세계 속의 한국인 대상

- 2016 표창장 (황현 전라북도의회 의장)

- 2016 공로장 (정세균 국회의장)

- 2016 최우수상 (사회적기업 리더과정)